FOLIO JUNIOR

Jean-Philippe Arrou-Vignod

Le livre dont je ne suis pas le héros

Illustrations de Glen Chapron

GALLIMARD JEUNESSE

Pour Patricia
Pour Camille et Aurélien

Moi par moi

Ce matin, on a fait une rédaction sur table.

M. Lambert, notre prof de français, a écrit le sujet au tableau : « Rédigez votre autoportrait. »

Ça tombait plutôt mal parce que, hier, on m'a posé un appareil dentaire.

Notre dentiste s'appelle Trampolino. Il a les mains toutes poilues et il attend chaque fois que j'aie ses doigts dans la bouche pour me blaguer avec les filles.

– Voilà, il a dit quand il a eu fini. Dans six mois, elles tomberont toutes à tes genoux.

J'ai essayé de sourire, mais c'était comme si j'avais avalé l'une de ces tapettes à souris que met ma grand-mère dans sa cuisine, avec comme appât une boulette de gruyère ou une rondelle de saucisson.

On n'est que trois dans la classe à porter un appareil. Il y a moi, Alix et Eurydice Puchard, mais Eurydice Puchard, je ne lui parle jamais. Comme Alix s'est entraînée à sourire sans ouvrir la bouche, on ne voit pas qu'elle en a un.

Ça n'avait pas été commode, toute une matinée, de cacher mon appareil. Le plus dur, au début, c'est de parler. Les mots font une espèce de bouillie de consonnes, pleine de postillons et de crachouillis qui fusent par surprise… Je me rappelle qu'on s'était tordus de rire le jour où Eurydice Puchard avait récité au tableau « La krenouille qui foulait che faire auchi groche que le pœuf ». Tout le monde au premier rang s'abritait derrière son livre, Pierre-Alain Le Couédic avait mis sa capuche, même M. Lambert avait du mal à garder son sérieux… Le plus drôle, c'est à la fin, quand Pierre-Alain, sortant le nez de son abri, a fait semblant de vérifier s'il ne pleuvait plus.

Finalement, il valait mieux qu'on ait rédac que récitation, même si je suis nul en expression écrite. M. Lambert écrit toujours en rouge sur mes copies : « C'est plat. Pas assez personnel. Manque d'originalité. Il faut affirmer ta propre sensibilité ! » Les rares fois où j'arrive presque à la moyenne, c'est quand le sujet m'a plu.

Mais là, le sujet c'était moi. Moi par moi. Alors que le seul fait d'être interrogé devant tout le monde me donne envie de rentrer sous terre, de disparaître dans mon cartable ou le réservoir de mon taille-crayon…

Sur le cahier de brouillon, j'ai écrit : « Je m'appelle Félicien Berger, j'ai onze ans, je suis en 6e 2… » et je n'ai plus rien trouvé d'intéressant à dire.

Je voyais les autres qui grattaient comme des fous, s'arrêtaient pour réfléchir, les yeux au ciel, avant de replonger sur leur copie pour dire combien ils s'aimaient et comme c'était chouette de vivre dans la peau d'un chic type comme eux.

Les autres n'ont pas d'appareil dentaire, ne rougissent pas quand une fille leur demande un effaceur ou un chewing-gum. Moi, je ne sais pas grimper à la corde lisse, je choisis toujours la mauvaise piste dans les livres de jeu de rôle, et je finis en général désintégré par un troll dès le deuxième chapitre. J'aurais voulu m'appeler Pierre-Alain, Michael ou William, comme le William de ma classe. Il a un drôle de nez, un peu écrasé au bout, et une Mobylette couverte d'autocollants. Tous ses copains sont en troisième parce qu'il a redoublé trois fois, c'est le plus fort de la classe en gym et il m'appelle « le Rat » pour rigoler.

– Le Rat, passe-moi tes exercices de maths. T'as pas cinq francs, le Rat ? J'ai oublié mes affaires, le Rat, donne-moi une copie double.

C'est toujours à moi qu'il demande quand il a besoin de quelque chose, mais jamais moi qu'il choisit pour jouer dans son équipe quand on fait une partie de foot à la récré.

Question physique, je n'étais déjà pas terrible avant : taille moyenne, nez moyen, les cheveux entre le roux et le blond, rien qui mérite de figurer dans un autoportrait.

La seule chose que je trouvais correcte, c'était ma bouche. « Félicien a un joli sourire, dit souvent ma tante. C'est le sourire de sa mère. » Maintenant, avec l'appareil, on dirait que j'ai un garde-boue au milieu de la figure.

La première fois que je me suis vu dans la glace,

j'ai eu un choc : mes dents semblaient recouvertes de morceaux de réglisse. J'avais eu beau frotter avec du dentifrice, rien à faire. Au contraire, plus les plaques brillaient, plus je ressemblais à Requin dans les films de James Bond, un géant aux dents plaquées or qui brise les chaînes entre ses mâchoires aussi facilement qu'on croque un sucre.

J'avais beau me creuser la tête pour ce fichu autoportrait, je ne voyais plus que ça : un énorme appareil dentaire et moi tout petit derrière, les joues écarlates et un épi dressé tout droit sur la tête…

La vie, ça serait bien si on pouvait zapper comme avec la télé. Il suffirait d'appuyer sur un bouton et hop ! on changerait aussitôt de tête ou d'existence. Je deviendrais l'homme invisible, je pourrais rendre une copie blanche en guise d'autoportrait et ce serait très ressemblant…

Quelquefois, sur le chemin de l'école, j'imagine que je suis renversé par une voiture. Je suis mort, mais en même temps je peux tout voir. Tout le monde me regrette, notre professeur principal fait un discours, les interros de la journée sont supprimées en mon honneur.

– C'était un garçon très réservé, explique M. Lambert. Nous n'avons pas toujours su l'apprécier à sa juste valeur.

– Il aurait pu être l'avant-centre de mon équipe, regrette William, la gorge serrée, mais j'avais trop peur qu'il me fasse de l'ombre. Comment pourrai-je jamais lui rendre toutes les copies doubles que je lui dois ?

– Dire que nous l'avons obligé à porter un appareil dentaire ! disent mes parents.

Et ils pleurent à chaudes larmes en découvrant dans mon cartable le 0 en contrôle de maths que je n'ai jamais osé leur montrer.

J'ai très envie de leur dire que je ne suis pas mort, que je les entends, que c'était seulement pour leur faire peur. Mais ils font tant de compliments sur moi que je crains de les décevoir s'ils me voient rouvrir brusquement les yeux.

« Je m'appelle Félicien Berger, j'ai écrit au propre sur ma copie. J'ai onze ans, je suis en 6e 2 et je porte depuis hier un appareil dentaire. »

C'était un bon début.

Je suis allé à la ligne, et c'est le moment qu'a choisi la cloche pour se mettre à sonner.

Le cadeau

Ce qui me déçoit, avec mes parents, c'est l'argent de poche.

L'autre jour, Mme Lelong, notre prof de maths, nous a fait faire des statistiques. Chacun a noté sur une feuille combien il recevait d'argent de poche par semaine Ensuite, on a tout additionné puis divisé le résultat par le nombre d'élèves de la classe.

C'était la première fois que William était premier quelque part. Mais c'est normal : ses parents sont séparés, alors il touche des deux côtés.

– Mes copains, j'ai dit à ma mère en rentrant, leurs parents, ils leur donnent 32,63 francs par semaine !

En fait, les centimes, je m'en fichais, mais j'ai dit le chiffre exact pour l'impressionner.

– C'est trop, a dit ma mère.

– Non, j'ai dit, c'est les statistiques.

Moi, j'ai tout juste vingt francs par semaine. Ça me met 30e de la classe, juste devant Sébastien Lagale qui est passé en sixième de justesse.

Ma mère connaît la mère de Sébastien Lagale. Ça a paru lui faire plaisir que je sois devant lui parce que, la dernière fois, la mère de Sébastien Lagale lui a lâché la porte de l'immeuble dans la figure.

– Et Pierre-Alain Le Couédic, j'ai ajouté, lui il a trente-cinq francs.

– Oui, mais son père est médecin, a dit ma mère en continuant son repassage.

Ma mère aime beaucoup Mme Le Couédic. Elle lui fait ses robes de soirée, et aussi les culottes anglaises et des blazers à écusson de Pierre-Alain. C'est bien le seul du collège à porter des blazers, mais ma mère trouve ça très chic. Elle aimerait que j'en porte aussi, sauf qu'elle ne veut pas qu'on dise qu'on fait tout comme les Le Couédic.

– Sois déjà content d'avoir de l'argent de poche, a continué ma mère. Il y a des enfants en Afrique qui n'ont rien à manger du tout.

C'est un argument qui me tue. Chaque fois que je cale sur le chou-fleur ou que je ne finis pas ma purée, elle dit que je suis trop gâté et qu'avec ce que je laisse dans mon assiette, on nourrirait tout un village malien.

– D'abord, j'ai dit, on ne peut rien se payer avec vingt francs.

C'est vrai. L'année dernière, mon père m'a avancé l'argent de poche d'un trimestre pour m'acheter une Formule 1 téléguidée super rapide, la même que celle de Michael Plon. J'avais fait mes calculs, c'était juste assez. Tellement juste, même, que quand les piles ont rendu l'âme, je n'avais plus de quoi en acheter d'autres. J'ai pris celles du rasoir de mon père, puis celles de la télécommande de la télé, et quand toute la maison a été en panne, ma Formule 1 est restée au placard, pendant que Michael continuait à faire vrombir la sienne derrière le mur de son jardin.

Michael Plon, lui, il touche quarante francs par semaine. Plus, des fois, quand sa grand-mère lui donne un petit rabiot. Du balcon de l'immeuble, on tombe juste sur son jardin. Le mercredi, quand il fait beau, sa mère organise des goûters. Il y a plein d'enfants déguisés, on les entend crier et se poursuivre pendant des heures.

J'ai été invité une fois chez Michael. Ma mère, dans des chutes de rideaux, m'avait cousu une panoplie de héros galactique. Je l'ai déchirée presque tout de suite en grimpant dans un arbre et, depuis, ma mère ne veut plus que j'aille jouer chez lui.

Vingt francs, c'est ce qu'elle gagne pour un ourlet, dit ma mère. Je n'ai qu'à économiser au lieu de tout claquer au distributeur de friandises du collège.

– Prends modèle sur ta sœur. Elle, au moins, dépense ses sous intelligemment.

Elle ne dépense rien du tout, oui ! Il n'y a pas plus radin que ma sœur. Elle est au lycée, en section économie, et elle lève les yeux au ciel chaque fois que je lui demande de me dépanner. Si elle pouvait, elle aurait dans sa chambre un coffre-fort à combinaison secrète pour entasser tous ses billets.

Moi, il n'y a qu'une fois que j'ai pu mettre l'argent

d'un mois de côté. Il faut dire que j'étais à l'hôpital à cause des « complications d'une appendicite », comme a dit le docteur. Ma mère avait glissé chaque semaine mon argent de poche dans une enveloppe, je n'avais jamais eu de ma vie autant d'argent à moi…

Quand j'ai enfin pu sortir, je n'y tenais plus. J'ai filé aux Galeries. Il tombait des cordes et je tâtais sans arrêt l'enveloppe dans ma poche avec l'impression d'être plein aux as. J'ai lu un jour, dans un magazine, qu'il y a en Amérique un garçon de mon âge tellement riche qu'il a une piscine dans sa chambre, quatre télés et des ordinateurs partout qui lui font ses devoirs. Il passe ses journées à boire du Coca et à jouer à des jeux vidéo. J'aimerais vraiment être comme lui ! Je n'aurais pas de parents pour me dire ce que je dois faire, juste un tuteur qui me signerait des chèques chaque fois que j'aurais envie d'une glace ou de genouillères de skateboard.

En chemin, je me suis arrêté à la boulangerie acheter des réglisses. La boulangère a fait la tête quand j'ai sorti un billet.

– Je n'ai que ça, j'ai dit.

Elle m'a rendu la monnaie en râlant. De toute façon, elle râle toujours quand on s'arrête chez elle en sortant de l'école : on choisit des bonbons un à un, dans chaque bocal, on dit : « Il coûte combien, celui-là ? Non, je vais prendre plutôt l'autre… » Ça dure des heures, on paye en toute petite monnaie à la fin et, comme on n'en a pas assez, tout est à recommencer.

Cette fois, j'aurais pu acheter le bocal de réglisses en entier, mais je préférais garder mes sous pour les Galeries. J'avais repéré depuis longtemps un couteau suisse à six lames, avec une loupe et un tournevis incorporés. Avec ça, on peut survivre six mois perdu en pleine forêt ou dans le désert.

Ce n'est qu'arrivé aux Galeries que je me suis rappelé : demain, c'est l'anniversaire de ma mère.

Elle ne veut jamais qu'on lui offre quelque chose pour ses anniversaires. Elle dit que le plus beau cadeau du monde, c'est d'avoir ses enfants autour d'elle ce jour-là. Mais cette fois, c'était différent : j'avais les moyens de lui faire plaisir.

J'ai pensé au canif suisse, et puis à ma mère, à sa surprise de recevoir un cadeau qui ne soit pas un dessin ou une poterie faite en travaux manuels. Je n'ai pas hésité longtemps.

Le rayon femmes des Galeries se trouve juste sous le rayon camping. J'ai pris l'escalier roulant comme si je faisais quelque chose d'interdit.

Je me trouvais bête à rôder au milieu des bijoux, des trousses de maquillage et des chemises de nuit. J'avais l'impression que les vendeuses me regardaient bizarrement, je n'osais pas m'arrêter aux étalages de peur qu'elles me demandent ce que je faisais là. Et puis, que choisir ? Ma mère a déjà un sac habillé, un joli sac à main jaune qu'elle ne prend que pour sortir avec mon père, quand ils vont au cinéma ou faire les courses à Carrefour, le samedi après-midi. Elle a aussi

Bye
Mon
€

de jolies boucles d'oreilles qu'elle a gagnées dans un jeu par correspondance, et qui ressemblent un peu à des porte-clefs.

Ce n'était pas les modèles qui manquaient sur les présentoirs : des rondes, des carrées, d'autres en forme d'étoiles ou de soleils. Il y avait plus loin des foulards de soie, imprimés de grandes fleurs écarlates, des châles à franges, des ceintures à boucle argentée ; et puis des boîtes de mouchoirs brodés, pliés comme des serviettes de restaurant, de jolies trousses de toilette en tapisserie, des plumeaux à maquillage…

J'allais de l'un à l'autre, incapable de me décider. J'imaginais la tête de ma mère en ouvrant le paquet. Elle n'en croirait pas ses yeux, dirait que c'est trop beau pour elle, que j'avais fait une folie… C'est toujours ce qu'elle dit quand mon père lui offre un presse-purée électrique ou une nouvelle machine à coudre. Seulement, cette fois, ce serait moi qu'elle gronderait gentiment, et j'en rougissais de fierté à l'avance au milieu des Galeries.

– Tu es perdu, mon garçon ?

J'ai sursauté comme si j'étais pris à voler.

– Je cherche des boucles d'oreilles, j'ai balbutié.

La vendeuse a hoché gravement la tête.

– Pour oreilles percées ?

– Non, j'ai dit, c'est pour ma mère.

– Je me doute bien que ce n'est pas pour toi, a dit la vendeuse. Est-ce que ta maman a les oreilles percées ?

J'ai dit que je n'en savais rien, en fait, qu'on l'avait

opérée un jour de la vésicule, mais que pour les oreilles, je pensais que non.

– Très bien, elle a dit avec un petit sourire. Combien tu as ?

– Onze ans.

– Non, combien d'argent as-tu ?

– Soixante-treize francs cinquante, j'ai dit.

– Aïe ! elle a fait.

– Je peux prendre un sac ou un foulard à la place si c'est pas assez, j'ai dit.

Quand je suis sorti des Galeries, il ne pleuvait plus. J'avais le front en feu, comme le jour où j'ai fini les coupes de champagne à la communion de mon cousin. Je suis rentré très lentement, le paquet-cadeau caché sous mon imper, et ce n'est qu'à la porte de l'immeuble que je me suis aperçu que j'avais oublié le parapluie de mon père au rayon femmes des Galeries.

Ma mère, le soir, a mis sa plus jolie robe, le disque de Sinatra qu'elle passe à chaque anniversaire et on s'est assis au salon pour attendre mon père en grignotant des cacahuètes. Quand il est arrivé, on avait tout fini. Il a dit qu'il était désolé, qu'il avait oublié l'anniversaire… avant de ressortir sur le palier et d'en rapporter un énorme bouquet de fleurs. Ma sœur a levé les yeux au ciel parce qu'il fait la blague à chaque fois, ma mère disait qu'elle n'aurait jamais un vase assez grand, mon père riait, j'avais l'impression d'avoir la fièvre.

J'ai filé dans ma chambre pour chercher mon

cadeau. Je l'avais mis dans un tiroir, au milieu de mes chaussettes de foot, là où personne n'aurait pensé à le chercher. Mais en le revoyant, j'ai eu un choc. C'était un paquet minuscule, à peine gros comme une boîte d'allumettes, avec un ruban de couleur que la vendeuse avait eu du mal à faire boucler.

Tout l'après-midi, j'avais acheté en rêve des foulards grands comme des drapeaux, des sacs à fermoir doré, des mouchoirs de dentelle. J'avais imaginé le bonheur de ma mère, mon arrivée dans le salon, les bras surchargés de paquets, le bruit du papier-cadeau qu'on déchire, mon père cherchant son appareil photo pour immortaliser la fête…

J'avais perdu son parapluie, dépensé tout mon argent, et pour quel résultat ? Deux ridicules petites boucles d'oreilles en imitation plaqué, couchées sur du coton comme des dents de lait.

Alors, bêtement, je me suis assis sur mon lit et je me suis mis à pleurer. Je ne savais même pas pourquoi mais je ne pouvais pas m'arrêter. J'entendais qu'on m'appelait, le disque de Sinatra qui passait en boucle. Mon père avait dû pousser la commode pour danser, c'est à peine si on les entendait glisser sur le parquet, en chaussettes, pour ne pas déranger les voisins.

Puis mon père est entré dans la chambre et a allumé la lumière. Il avait desserré sa cravate et tenait à la main une bouteille de mousseux.

J'ai eu juste le temps de cacher mon cadeau sous l'oreiller.

– Qu'est-ce que tu fais tout seul dans le noir le soir de l'anniversaire de ta mère ? il a grogné. Tu ne vois pas qu'on t'attend ?

J'ai continué à pleurer sans rien dire, alors il s'est mis en colère. Il a dit qu'il en avait plus qu'assez de rentrer du travail pour trouver des enfants qui faisaient la tête. Ma sœur a crié qu'elle ne faisait pas la tête, qu'il était injuste de dire ça, ma mère essayait de calmer tout le monde, puis elle a poussé un cri et filé à la cuisine parce que son dîner était en train de brûler.

Mon père a ajouté que je m'y entendais pour gâcher la soirée de tout le monde, ma mère s'est mise à pleurer elle aussi, la soirée était vraiment gâchée.

Après le repas, mon père est sorti sur le balcon fumer une cigarette. Pendant que ma sœur débarrassait, ma mère est venue dans ma chambre.

– Ça ira mieux demain, elle a dit en s'asseyant près de moi sur le lit. Je te trouve un peu chaud. Tu aurais dû mettre un pull pour sortir cet après-midi.

C'est comme ça qu'elle a trouvé le paquet. En arrangeant mon oreiller.

– C'est pour moi ?

Elle l'a ouvert délicatement :

– Quelles belles boucles d'oreilles ! Je n'en ai jamais vu d'aussi jolies !

Je savais bien qu'elle disait ça pour me faire plaisir. J'en avais vu des cent fois mieux aux Galeries. Mais celles-là n'étaient pas mal du tout à ses oreilles…

J'ai dit que j'étais désolé d'avoir gâché la soirée de tout le monde. Elle m'a dit que la prochaine fois, elle ne ferait pas de rôti aux anniversaires parce qu'elle le laissait toujours brûler, qu'il ne fallait pas que je m'inquiète et qu'elle avait passé quand même une soirée délicieuse.

J'en ai profité pour lui parler du parapluie que j'avais perdu. Elle a dit que ce n'était pas grave, qu'elle le récupérerait aux objets trouvés des Galeries.

Elle a éteint la lumière, m'a embrassé.

– À propos, elle a murmuré au moment de sortir. C'est samedi, demain. Fais-moi penser à te donner ta semaine.

La poisse

Plus bête qu'Eurydice Puchard, ça se peut pas.

Eurydice Puchard est une fille de la classe, avec un appareil dentaire, des après-ski fourrés et une couette dressée sur la tête comme un bananier. Les premiers jours de classe, M. Lambert, notre prof de français, nous a mis à côté. Je devenais fou. Eurydice Puchard s'étale tellement que j'étais obligé d'écrire sous son bras. Par instants, elle pousse de petits rires aigus sans qu'on sache pourquoi, juste pour se montrer intéressante. Elle a les yeux qui ribouldinguent, on dirait qu'elle glousse et qu'elle va pondre un œuf, comme la poule apprivoisée de mon oncle Jules.

La vie d'Eurydice Puchard est une catastrophe. Un jour, elle taille son anorak au cutter en voulant couper du carton, le lendemain elle glisse dans les escaliers de la piscine. Un matin, elle arrive avec un plâtre, le lendemain avec des béquilles. On dirait qu'elle le fait exprès, qu'elle attire les ennuis comme un paratonnerre.

– Ça n'est pas de sa faute, a dit Lucie Bonnard au début. Ça peut arriver à n'importe qui de s'électrocuter en allumant la lumière du tableau.

Lucie Bonnard devrait s'appeler Lucie Saint-Bernard. Les premiers temps, elle portait le cartable d'Eurydice Puchard, l'aidait à monter l'escalier avec ses béquilles. Est-ce que la malchance est une maladie contagieuse ? Maintenant, c'est à elle qu'il arrive tous les ennuis. On dirait qu'elles font un duo, comme à la télé, avec leurs pansements, leurs plâtres, tous ces accidents incroyables qui leur tombent dessus.

J'adore Lucie Bonnard. Elle est blonde, avec de grands cheveux ondulés et une parka rouge à capuche fourrée comme celle d'un Esquimau. Avant, tous les troisièmes qui ont une Mobylette voulaient la ramener chez elle, on ne pouvait pas l'approcher aux récréations. Maintenant, c'est comme si elle avait la scarlatine, tout le monde a peur d'attraper sa déveine, elle reste seule dans un coin de la cour, avec ses yeux tristes et sa parka rouge, abandonnée, en quarantaine.

Je ne dis pas que ça me réjouit. Mais c'est moi, maintenant, qui lui porte son cartable, qui lui garde ses affaires de gym quand elle est à la cantine. Sans ses malheurs, je n'aurais jamais osé lui parler. Quant à imaginer qu'elle puisse un jour devenir ma copine…

– Tu n'as pas peur que je te porte la poisse, comme les autres ? elle m'a demandé un jour.

J'ai fait non de la tête en rigolant, sans la regarder. Quand je regarde une fille, j'ai l'impression de devenir écarlate. Est-ce que c'est vrai ? Impossible de

vérifier, il faudrait le demander aux filles, mais plutôt mourir. Alors, dans le doute, je ne pense qu'à une chose : « Je suis écarlate ! Je suis écarlate ! » et ça me rend encore plus rouge.

– Tu sais, elle a continué, tu n'es pas obligé de t'occuper de moi.

– Je ne suis pas superstitieux, j'ai dit.

On était sur le chemin de sa maison. Elle s'était tordu la cheville en gym et j'avais proposé de la raccompagner. Elle habite exactement à l'opposé de chez moi, j'allais me faire tuer en arrivant en retard, mais je m'en fichais. Elle clopinait tout doucement en faisant des grimaces et en poussant de petits cris à chaque pas. Je ne sais pas ce qu'elle avait pu mettre dans son cartable, il pesait des tonnes, je sifflotais, l'air de rien, les mains sciées par la poignée. Je ne sais pas pourquoi, j'avais l'impression d'avoir vingt centimètres de plus, je disais des bêtises pour la faire rire, je me sentais vraiment bien.

À un moment, on a croisé le docteur Trampolino, mon dentiste. J'ai eu juste le temps de me glisser dans un hall d'immeuble pour qu'il ne me voie pas.

Manque de chance, il est entré lui aussi dans l'immeuble et je me suis aperçu juste à temps qu'il avait là son cabinet.

– Tiens, Félicien ! il a dit. Qu'est-ce que tu fais là, mon garçon ?

– Je… Je me suis trompé de jour, j'ai balbutié. Je venais pour la visite.

– Avec *deux* cartables ? il a rigolé en montrant celui de Lucie.

– Qu'est-ce que tu fabriquais ? m'a demandé Lucie quand je suis ressorti.

– Rien, j'ai dit. C'était mon dentiste.

– Et alors ?

Je n'ai pas su quoi répondre. Je n'avais juste pas envie qu'on me voie avec elle, et surtout pas le docteur Trampolino.

Arrivé devant sa rue, il faisait presque nuit. J'avais les mains en compote, il était vraiment très tard, mais pour rien au monde je n'aurais échangé ma place.

– Il vaut mieux que tu me laisses là, a dit Lucie. Mes parents sont très sévères.

Elle avait posé sa main sur mon bras, et heureusement qu'il faisait nuit, je devais être plus rouge que sa parka.

– C'était vraiment gentil, elle m'a dit de sa voix douce. J'espère que ça ira chez toi.

– Pas de problèmes, j'ai dit. Je peux rentrer quand je veux.

Elle m'a embrassé très vite, comme si on s'était cogné la joue par mégarde, a repris son cartable avant de s'éloigner en boitillant dans le soir.

Moi, je suis resté immobile sur le bord du trottoir à la regarder partir. J'avais les jambes toutes molles, la tête en feu. En fait de poisse, il m'était arrivé ce qui peut advenir de mieux dans la vie : un baiser sur la joue par Lucie Bonnard !

Je me sentais immense, invincible, en même temps curieusement perdu et fragile. Je n'avais jamais rien éprouvé de semblable jusque-là…

J'avais du mal à m'en aller, comme si j'avais voulu que cet instant ne s'arrête jamais.

Tout à coup, un bruit de Mobylette m'a tiré de ma torpeur.

Elle est passée en trombe, si vite que je n'ai pas vu le conducteur. Mais cette Mobylette, avec ses garde-boue chromés et son guidon surélevé, j'aurais pu la reconnaître entre mille.

C'était celle de Jérôme Puiseux, le beau gosse de troisième. Accrochée à sa taille et riant à gorge déployée, Lucie Bonnard filait vers le centre-ville.

Il était sept heures passées. Mon père avait déjà dû rentrer. Je suis parti comme un dératé, mon cartable au bout du bras, si lourd qu'on aurait dit que c'était mon cœur que je transportais en courant à travers la ville.

C'est comme ça, à deux pas de la maison, que je me suis fait renverser par le bus 52.

Le bus 52, c'est celui qui relie le centre-ville à la piscine. Comme j'étais allongé par terre, le contenu de mon cartable répandu sur la chaussée, les passagers sont descendus, affolés. Croyez-le si vous voulez, mais la dernière chose que j'ai vue avant de tomber dans les pommes, c'est Eurydice Puchard, penchée sur moi, qui me souriait bêtement comme pour me dire : « Désolée. À ton tour maintenant d'avoir la poisse. »

Mountain Bike

Ce vélo, j'en rêvais depuis des mois.

La première fois que je l'ai vu, il trônait dans la devanture du marchand de cycles, sur un paysage de fausses pierres et de plantes en plastique.

Est-ce qu'on peut tomber amoureux d'un vélo ? Je suis resté là, bouche ouverte, à le dévorer des yeux, jusqu'à ce que le marchand me chasse parce que je salissais sa vitrine à force d'y coller mon nez.

La nuit, j'en rêvais. Je me voyais pédalant sans effort sur des pentes trente pour cent, traversant des torrents à gué, sautant des ravins d'un simple coup de hanche. Je dévalais des éboulis, faisais des équilibres sur la roue arrière, des tête-à-queue dans la poussière sans jamais mettre le pied à terre…

Le samedi d'après, je suis allé le revoir avec mon père.

Je l'avais tellement tanné la semaine qu'il a fini par se laisser convaincre.

– Après tout, il a dit, ça ne coûte rien de regarder.

– Je peux vous renseigner ? a demandé le marchand quand on est entrés dans la boutique.

– Non merci, on regarde, a fait mon père.

Il a tourné un moment autour du vélo en l'examinant avec méfiance.

– Alors, c'est ça, ta merveille ? il a dit finalement. Pas de quoi fouetter un chat, si tu veux mon avis.

Quoi ? *Pas de quoi fouetter un chat*, un Mountain Bike à guidon ergonomique, jantes à profil antidéformation et porte-bidon en plastique souple ?

– Regarde la couleur ! j'ai dit. Rose fluo avec des effets de flammes !

– Moi je dirais plutôt rose caca d'oie, il a fait. Et puis je ne vois pas ce que tu pourrais bien faire d'un Mountain Bike dans la cour de l'immeuble…

On est ressortis avec une pompe en alu, qu'il m'a généreusement offerte comme si c'était un cadeau fabuleux. Je n'ai pas osé lui dire que, sans vélo, une pompe ne sert à rien. Je l'ai remercié mille fois au contraire, le cœur crevé de déception et d'amertume, et on est rentrés à la maison.

Puis Noël est arrivé. Le matin, au pied de l'arbre, j'avais un portefeuille en cuir, un bouquin relié de Victor Hugo et un bracelet neuf pour ma montre : exactement le genre de cadeaux que j'avais rêvé de ne pas avoir.

– Tu devrais aller regarder aussi sur le palier, a dit mon père. Quelqu'un a déposé là pour toi un gros machin encombrant. Aucune idée de ce que c'est.

Le gros machin m'attendait sur le paillasson,

emballé dans du papier kraft. En l'apercevant, j'ai poussé un cri incrédule.

– J'espère que la couleur te plaira, a dit mon père. Il ne restait plus que le modèle rose caca d'oie…

Le temps d'enfiler un anorak par-dessus mon pyjama, j'étais dans la cour, virevoltant et faisant des arabesques comme si j'avais été aux commandes d'un avion de chasse. Les vitesses passaient avec un petit bruit huilé et souple, les pneus chuintaient sur le macadam, le vent me coupait les oreilles, jamais je n'avais été plus heureux.

Comme le vélo n'entrait pas dans l'ascenseur, je devais le monter à pied chaque soir. Six étages avec quatorze kilos et demi en travers de l'épaule ! Je le gardais à côté de moi dans la chambre, sur la descente de lit, et je croyais entendre le susurrement de ses roues quand je fermais les yeux, glissant en roue libre vers le sommeil.

Chaque matin, je l'astiquais pièce à pièce, polissant les rayons un à un, décrassant jusqu'au moindre boulon. C'était les vacances de Noël, je faisais des tours solitaires dans la cour, les yeux rivés aux fenêtres dans l'espoir qu'on me remarque, mais tout le monde était parti.

Il y avait bien Michael Plon, je l'apercevais quelquefois dans son jardin, mais sa mère ne veut pas qu'il joue avec les enfants de l'immeuble. Pour une fois, j'avais hâte que les vacances s'achèvent. À quoi sert un vélo tout neuf quand on n'a personne pour l'admirer ?

– Interdiction formelle d'aller au collège à vélo, a dit ma mère à la rentrée. Trop dangereux. On ne s'est pas serré la ceinture, ton père et moi, pour que tu te le fasses voler à l'école.

J'ai supplié, promis tout ce qu'on voulait.

– D'abord, tous mes copains ont des vélos, leurs parents les laissent aller en ville avec, il n'y a que moi qu'on prend pour un bébé. Et puis, tu ne te rends pas compte du temps que ça me fera gagner : plus de vingt minutes de trajet ! Vingt minutes de plus par soir pour faire mes devoirs !

Elle a paru hésiter. Si c'était pour le travail, alors…

– Bon, d'accord, elle a fini par dire en soupirant. Mais à deux conditions. D'abord, tu porteras un casque. On en fait de très jolis, m'a dit le marchand… Ensuite, interdiction absolue de traîner après la classe ! Je surveillerai l'heure, je te préviens.

Le jour de la rentrée, j'étais si impatient que je n'ai rien pu avaler. Comme il faisait encore nuit, mon père est descendu avec moi pour vérifier mes lumières. Le cartable sur l'épaule, je suis parti fièrement pendant qu'il me criait :

– Sois bien prudent surtout !

Au début, j'ai pédalé pépère, tendant sagement le bras pour tourner. Chaque fois que je reconnaissais un copain sur un trottoir, je changeais de vitesse sans raison en sifflotant d'un air dégagé.

Devant le collège, il y avait déjà foule. Exactement ce que j'avais espéré. J'ai soigné mon arrivée, déboulant à fond de train dans l'impasse avant de stopper net, en un dérapage parfait, aux pieds de mes copains ahuris.

Je m'étais super entraîné dans la cour pour réussir un truc pareil. Manque de pot, la roue arrière a ripé sur des feuilles mortes, j'ai eu à peine le temps de redresser et de planter un coup de frein tonitruant. La roue avant s'est bloquée net et je suis passé par-dessus le guidon pour atterrir en plein dans un groupe de troisièmes qui fumaient tranquillement.

Pour une arrivée remarquée, c'était réussi. Tout le collège faisait cercle autour de moi, rigolait et se poussait du coude.

– Achète-toi un tricycle ! a ricané Jérôme Puiseux.

J'ai fait celui qui n'avait rien entendu et j'ai ramassé mon vélo. Rien de cassé, heureusement. J'étais en train de redresser le guidon quand quelqu'un a dit :

– Eh ! vous avez vu, les gars ? Berger a une assiette de boudin sur la tête.

– N'importe quoi, j'ai dit. C'est un casque de compétition.

– Sur un vélo ? T'es malade ? Pourquoi pas casque un intégral tant que tu y es !

Les autres se sont esclaffés. J'ai haussé les épaules, maudissant mes parents qui m'avaient obligé à porter ce casque ridicule et ces pinces à linge aux chevilles. J'avais beau faire comme si je m'en fichais, j'aurais voulu rentrer sous terre.

– Arrêtez, a dit Lucie Bonnard. Tu t'es pas fait mal, Félicien ?

– Ça va, j'ai grogné en la repoussant.

J'étais au bord des larmes.

– Matez la couleur de sa bécane ! a continué Jérôme Puiseux. Elle est pas super ? Je me demande s'ils font le même modèle pour homme.

– Crétin, est intervenu William. T'y connais rien aux bécanes, alors la ferme. C'est un vrai Mountain Bike. Trois plateaux, dix-huit vitesses, cadre profilé slooping. Un truc de dingue.

Il a poussé un petit sifflement et s'est accroupi devant le pédalier. Jérôme Puiseux s'est écrasé. William, c'est un caïd en mécanique, toujours à bricoler sa Mobylette pour y ajouter des accessoires.

– Sans rire, le Rat, il a dit, c'est une sacrée bécane que tu as là !

Tout le monde maintenant se penchait sur le vélo, tâtait les freins et tripotait les vitesses en faisant des commentaires.

J'ai pris l'air modeste.

– Je l'ai eu à Noël, j'ai dit.

– Eh ben, ils se sont pas moqués de toi, tes vieux ! a fait William. Tiens, tu me le prêtes une seconde que je l'essaye ?

– D'accord, j'ai dit. Mais juste un petit tour.

Je lui devais bien ça. Ça m'a quand même fait drôle de le voir se tailler un succès avec *mon* vélo, zigzaguant entre les groupes qui s'écartaient et faisant de l'équilibre debout sur la selle.

– Attention quand même, j'ai lancé. Il est tout neuf et…

– T'inquiète, le Rat, il a fait. T'as affaire à un spécialiste.

Je suis resté planté là, la sangle du casque pendouillant sur les joues, à le regarder faire le singe. À chaque tour, il s'éloignait davantage, rasant les murs et cabrant la roue avant pour grimper sur le trottoir. On aurait dit qu'il ne faisait qu'un avec le vélo, comme s'il était né avec, sans casque à boudins ni pinces à linge…

– Va pas trop loin ! j'ai crié. Ça a sonné !

La concierge avait ouvert les portes. Au lieu de m'écouter, William a piqué un sprint dans l'impasse, avalé un virage sur les jantes et a disparu sur l'avenue.

J'ai attendu un moment. J'étais seul, maintenant, sur le parvis du collège. Toujours pas de William. Qu'est-ce que je pouvais faire ? Impossible d'aller en cours avant d'avoir récupéré mon vélo. La lumière s'est allumée dans notre salle de classe, j'ai vu la tête du prof derrière la vitre qui me regardait sans comprendre. Comment j'allais pouvoir m'expliquer ?

Vingt bonnes minutes ont passé avant que William refasse son apparition.

Il était à pied, légèrement titubant comme s'il avait bu. Son blouson était déchiré et la roue de mon vélo qu'il portait sur son dos avait la forme d'une pièce de puzzle.

J'ai eu l'impression que mon cœur s'arrêtait de battre.

– Qu'est-ce qui s'est passé ? j'ai bredouillé en courant vers lui.

Le vélo était en miettes : la fourche était tordue, le frein droit, arraché, pendait au bout du câble comme une main à demi sectionnée, et de minuscules échardes de verre et de métal, à l'aplomb du guidon, étaient tout ce qui restait du phare avant.

– Pas de panique, a dit William. J'ai rien. Juste une estafilade.

Il a montré son front qui saignait un peu.

– Pas de quoi en faire un plat, il a continué. Ce vieux William en a vu d'autres... Un bête autobus qui sortait de son arrêt. J'ai pas pu m'arrêter.

– Mon vélo ! j'ai gémi.

– Parlons-en de ta bécane, le Rat ! il s'est énervé. Un Mountain Bike, ça ? Mon œil. Qu'est-ce que c'est que ces freins en chewing-gum ? Un vrai M. B. aurait pilé net, mais ton espèce de clou... Tiens, il a dit en me le fourrant dans les bras, ça me dégoûte. Un beau blouson tout neuf ! En plus, avec tes bêtises, je vais me faire tuer par le principal. T'as vu l'heure qu'il est ? La prochaine fois, le Rat, compte pas sur moi pour essayer tes cadeaux de Noël, d'accord ?

Il s'est éloigné avant de revenir sur ses pas.

– Maintenant que t'as plus de vélo, le Rat, si tu sais

pas quoi faire de ton casque… J'ai un cousin qui fait du cyclisme amateur. Je t'en débarrasse, si tu veux. Ça me fera plaisir de te rendre ce service.

Il m'a donné une petite tape sur la joue pour me faire comprendre qu'il ne m'en voulait pas et il a disparu dans le collège.

J'ai enlevé mon casque, rangé dans mon cartable l'antivol désormais inutile, mes pinces à linge, et j'ai repris le chemin de la maison, le cœur brisé, traînant sur le trottoir ce qui restait de mon vélo.

Qu'est-ce que j'allais dire à mes parents ? J'imaginais déjà les lamentations de ma mère, les reproches de mon père… Ils s'étaient privés pour m'offrir ce vélo, et c'était une épave que je leur rapportais, juste parce que j'étais incapable de dire non quand un copain me demandait quelque chose.

Je ne me suis jamais beaucoup aimé, mais là, je me haïssais.

C'est ma mère qui a ouvert la porte.

– Félicien ? elle a fait en me découvrant sur le paillasson, aussi pâle que si j'allais tomber dans les pommes. Félicien ? Mais qu'est-ce que tu fais là ?

Je me suis jeté dans ses bras en sanglotant. Je n'arrivais plus à m'arrêter.

– Qu'est-ce qui t'est arrivé ? Tu as eu un accident ?

J'ai fait oui de la tête pour qu'elle me garde dans ses bras, qu'elle continue de me serrer contre elle.

– Tu es blessé ? Tu as mal quelque part ?

– Non, j'ai hoqueté.

– Alors pourquoi pleures-tu comme ça, mon chéri ?

– C'est que… mon vélo… Il est cassé !

– C'est tout ? elle a dit. Ça ne mérite pas ce gros chagrin.

– C'est vrai, tu n'es pas fâchée ?

Elle a haussé les épaules.

– Qu'est-ce que c'est qu'un vélo à côté de la vie de mon petit garçon ?

Elle disait ça si gentiment que je n'ai pas pu supporter l'idée de lui avoir menti.

– Ce n'est pas moi qui ai eu un accident, j'ai dit en me détachant d'elle. C'est William. Un copain à qui je l'ai prêté.

Maintenant, il pouvait arriver n'importe quoi, cela n'avait plus d'importance. Avoir avoué me soulageait.

Ma mère m'a regardé un moment en silence.

– D'accord, elle a dit finalement. Moi aussi, j'ai quelque chose à t'avouer. Ce matin, en faisant la poussière dans ta chambre, je ne sais pas comment je me suis débrouillée, j'ai accroché la maquette au-dessus de ton lit. Tu sais, celle que tu aimes tant.

– La maquette de l'oncle Jules ?

– J'ai peur qu'elle soit un peu cassée, a confirmé ma mère.

– Oh ! Ça fait rien, j'ai dit. Je l'aimais plus vraiment.

– Bon, a dit ma mère, il me semble que c'est la journée des bêtises, tu ne crois pas ? Une de chaque côté, ça compense.

– Sûr, tu ne m'en veux pas si j'ai séché à cause du vélo ?

– Je crois qu'on est bien placés, tous les deux, pour savoir comme les bêtises vont vite, elle a dit avec un sourire. Viens là, mon maladroit.

Elle m'a ébouriffé les cheveux avant de m'embrasser.

– Et puisque tu n'es pas à l'école ce matin, elle a ajouté, je t'engage pour porter les courses. Le marchand de vélos est sur le chemin, non ? On y fera un saut en passant.

Dimanche

Je déteste les dimanches.

En général, il pleut. Toute la semaine, il a fait beau, et quand arrive le week-end, le ciel est noir, il tombe des cordes dès qu'on veut mettre le nez dehors. En plus, mes parents se lèvent vers onze heures, ils appellent ça « faire la grasse matinée », mais pour nous c'est plutôt la matinée maigre vu qu'à l'heure où ils sortent du lit, plus question d'avoir un petit déjeuner.

Ma sœur, elle s'en fiche parce qu'elle ne mange que des biscottes sans sel, pour sa ligne. Il faut marcher sans bruit dans la maison, impossible de mettre de la musique, même le bruit des volets de ma chambre les réveille et mon père est de mauvaise humeur pour le reste de la journée.

Tous les dimanches, ma mère fait du gigot. Ils se disputent dans la cuisine sur la manière de le couper, mon père ouvre une bouteille de vin, on a droit à un fond de verre dans beaucoup d'eau. Mon père appelle ça « améliorer l'ordinaire ». Moi je préférerais du Coca, mais ma mère n'en achète jamais car ça lui ballonne l'estomac. On sort de table il est trois heures, mon père dit : « Si on faisait une promenade digestive ? » et personne ne répond, sauf ma mère qui dit qu'il y a la vaisselle et qu'elle a les pieds enflés à cause du chauffage par le sol.

Mon père dit : « C'est quand même dommage, on a la forêt juste à côté. » Ma sœur dit qu'elle a du travail et passe l'après-midi devant la télé, un coussin sur les genoux, à râler quand on se met devant et à sourire bêtement chaque fois que passent ses chanteurs préférés.

Ma sœur n'aime que les variétés. Impossible de changer pour voir mes feuilletons. « Tu pourrais au moins aider ta mère à essuyer la vaisselle », dit mon père ; mais elle fait celle qui n'entend pas, affalée sur le canapé à se ronger les ongles de ravissement. Ma mère la rejoint après la vaisselle, elle a gardé son tablier, elles font des commentaires toutes les deux, genre : « Il est mignon celui-là », « Non, je préférais l'autre », « Tu devrais te coiffer comme ça », pendant que mon père bricole des étagères et fait des trous à la perceuse.

Mon père a toujours du bricolage à faire. Le dimanche, il ne se rase pas, dit qu'il y a bien assez de la semaine où il faut s'habiller pour aller au bureau. Ma mère voudrait jeter ses vieux chaussons, mais il dit qu'il se sent bien dedans, et va chez les voisins avec pour emprunter un rabot ou une mèche au tungstène. Il n'a jamais les outils qu'il faut, cherche son mètre pliant dans toute la maison en criant qu'on touche à ses affaires, qu'il finira un jour par les mettre au coffre si ça continue.

À six heures, ma mère prend son bain. Mon père et moi, on regarde le sport à la télé. Ma sœur dit qu'elle ne comprend pas le plaisir qu'on peut prendre à voir des types donner des coups de pied dans un ballon, qu'elle n'arrive pas à faire ses devoirs avec le bruit de la télé. Ma mère sort du bain écarlate, les cheveux noués dans une serviette, elle dit qu'elle ne fera pas à dîner, que c'est aussi son week-end après tout, qu'il y a plein de restes de midi au Frigidaire. Tout le monde fait la tête parce qu'on n'aime pas le gigot froid, mon père dit : « Je regarderais bien un bon film ce soir », et on se dispute en feuilletant les programmes…

Dehors, il pleut toujours. Je me couche tout courbatu, avec l'impression d'avoir avalé une télécommande. Dans ma tête, des images défilent en accéléré, mes oreilles sifflent et bourdonnent, je vois des bandes qui passent dans le noir comme sur un écran vidéo. Heureusement, le lundi on a gym. Et je m'endors en pensant que j'ai oublié ma serviette de piscine la dernière fois dans les vestiaires.

Quelquefois, au printemps, on va passer le dimanche en Normandie chez ma tante Amélie.

On part de très bonne heure pour éviter les bouchons, mais tout le monde a eu la même idée que nous. Dans les embouteillages, ma sœur et moi, on fait des grimaces aux passagers des autres voitures. Ma sœur est très forte pour les grimaces, elle se tire la bouche avec les petits doigts en louchant, c'est horrible, on se tord de rire.

Une fois, sur l'autoroute, on s'était arrêtés pour prendre de l'essence. Un type s'est approché, il a tapé à la vitre de mon père et il a dit :

– Ça vous amuse d'avoir des enfants qui font des grimaces aux autres voitures ?

Mon père est devenu blanc, il a dit au type qu'il ferait mieux de regarder la route au lieu d'accuser des enfants sans défense. L'autre s'est énervé, ma mère retenait mon père par le bras, les autres conducteurs klaxonnaient parce que le type bloquait la pompe, alors mon père a démarré en criant des gros mots et ma mère a dû intervenir pour l'empêcher de nous abandonner sur la première aire de repos.

On est arrivés tard parce que mon père a voulu prendre un raccourci. Il veut toujours prendre des raccourcis et finit par se disputer avec ma mère qu'il accuse de ne pas savoir lire une carte. Tante Amélie avait fait un gigot et elle se querellait avec mon oncle sur la façon de le couper. Il était presque deux heures de l'après-midi et tout le monde était mort de faim.

Tante Amélie avait dressé la table dans le jardin. Quand on a voulu s'asseoir, il s'est mis à pleuvoir, il a fallu tout rentrer en catastrophe. Puis le soleil est revenu, on n'allait pas tout ressortir, alors on a mangé dans la cuisine, avec la lumière allumée parce qu'il faisait trop sombre.

Comme le repas s'éternisait, tante Amélie a dit :

– Serge, si tu allais jouer avec ton cousin ?

Serge, c'est son fils. Il était assis à côté de moi et n'arrêtait pas de mettre ses coudes dans mon assiette en mangeant. Sous prétexte qu'on est à peu près du même âge, ma tante voudrait qu'on soit copains et qu'on s'embrasse pour se dire bonjour. Elle dit aussi qu'on se ressemble tellement qu'on dirait deux frères.

Je détesterais avoir un frère comme Serge. Il a de grosses mains rouges, des taches de rousseur sur la figure et des cils presque blancs. Ma sœur dit qu'il est bête. L'autre jour, pour rire, il a voulu lui fourrer une grenouille dans le chemisier. Ma sœur lui a allongé une claque retentissante. Sauf que ça ne se voyait presque pas, tellement il a les joues rouges naturellement. Depuis, ils font comme s'ils ne se connaissaient pas. De toute façon, ma sœur fait toujours la tête quand on va chez ma tante Amélie. Ça lui fait rater ses émissions préférées et elle déteste la campagne, en plus. C'est plein de chardons qui filent les bas, de souris qui vous courent entre les jambes, d'araignées et de limaces, on passe sa vie à table et à patauger dans la boue jusqu'aux genoux. Elle met exprès des talons pour venir, se pince les narines et soupire bruyamment toutes les dix minutes. Elle dit qu'elle mourrait si elle devait habiter là.

Moi, j'aimerais avoir un poney à moi comme mon cousin Serge. Le mercredi après-midi, j'inviterais des copains, et c'est moi qui dirais qui a droit de monter dessus. Le poney de mon cousin Serge s'appelle

Crin-Blanc, c'est un peu ridicule pour un poney aussi petit. Pas question de monter dessus, en tout cas, ou de le nourrir. Chaque fois que je veux lui donner de l'herbe, mon cousin Serge dit que ça va lui donner mal au ventre.

Chez tante Amélie, il y a aussi un chien, deux chats et un coq nommé Victor. Ce n'est pas un vrai coq, juste un coq nain qui se promène dans la cour en se dandinant comme le principal de mon collège.

Chaque fois qu'on passe à portée, il se jette sur nous en battant des ailes. Victor est un coq de garde, il protège la maison contre les voleurs. Même les deux chats en ont peur et grimpent aux arbres quand il est en colère.

Mon oncle Jules adore les animaux, il ramasse tous ceux qui sont blessés, les nourrit et les soigne jusqu'à ce qu'ils puissent reprendre leur liberté sans risque. Autrefois, il a eu une poule apprivoisée qui faisait un œuf chaque matin sur le sous-main de son bureau. Il fallait la guetter et se jeter sur l'œuf, sinon il roulait et se cassait par terre. Il a eu un hérisson aussi, qu'il avait installé dans une boîte à chaussures percée de trous. Il lui avait confectionné une petite attelle, avec deux allumettes, mais le hérisson était mort avant d'avoir guéri.

J'aime bien mon oncle Jules. Il a une pipe et de grosses moustaches toutes jaunes au bout. Le jour dont je parle, après le repas, comme on avait tous trop mangé, il a proposé d'aller faire un tour sur la plage. On a emporté des pelles parce que c'était marée basse, et on s'est mis à creuser des trous dans le sable pour attraper des lançons. Ma sœur était restée dans la voiture à se mettre du rouge à ongles, ma mère et tante Amélie marchaient au loin, bras dessus bras dessous, c'était vraiment un bon après-midi. Les lançons sont de petites anguilles de sable, pointues comme des suppositoires, il fallait se jeter dessus avant qu'ils ne se renfoncent dans le sable. Il y avait des charrettes qui remontaient la plage, chargées de varech pour servir d'engrais dans les champs. Mon oncle nous expliquait tout ça en tirant sur sa pipe, on était juste trois, entre hommes, mon oncle, mon père et moi, on était vraiment bien.

Ma mère, quand elle est revenue, a poussé des cris parce qu'on était couverts de sable de la tête aux pieds. J'avais du goudron sur l'anorak, mon père avait déchiré son pantalon d'un coup de bêche, le jour baissait, il commençait à faire froid.

– Pas question de rapporter *ça* à la maison ! a dit ma mère quand on lui a montré le panier plein de lançons.

– Ça fait une petite friture délicieuse, a expliqué mon oncle.

Ma mère ne fait jamais de friture parce qu'elle trouve que ça sent pendant des jours après dans toute la maison. Elle a pris quand même le panier, pour ne pas vexer mon oncle. Mais à peine on était partis, elle a tout jeté dans un fossé. Ma sœur se bouchait le nez en disant qu'elle avait l'impression de voyager dans la camionnette du poissonnier et que je n'avais pas intérêt à la toucher avec mes sales pattes pleines de sable.

Mon père m'a fait un clin d'œil dans le rétroviseur. Il a dit qu'il adorait la pêche et qu'il avait bien le droit de s'amuser avec son fils le dimanche quand ça lui chantait. Il était de très bonne humeur et fredonnait en conduisant.

– Tiens, il a dit, je vous invite au restaurant pour finir cette bonne journée.

Ma mère a dit qu'il qu'on sortait à peine de table, qu'il était tard, mais mon père n'a rien voulu savoir.

– Laissez-moi faire, il a dit. Je connais un endroit magnifique où le service est très rapide.

Quand on est arrivés, c'était bondé. On a dû attendre presque une heure au bar avant d'avoir une table.

– Qu'est-ce que je vous disais ? répétait mon père. Il n'y aurait pas autant de monde si la cuisine n'était pas réputée.

Par chance, on a eu une table près de la fenêtre. On voyait le port, les chalutiers qui rentraient lentement dans le soir.

Ça n'a pas empêché ma sœur de faire toute une histoire parce qu'il n'y avait que du poisson et qu'elle déteste le poisson. Je n'arrêtais pas d'éternuer, à cause de mon pantalon mouillé. « On va lui faire attraper la mort, à cet enfant », répétait ma mère. Puis, quand elle a vu les prix sur la carte, elle n'a plus rien dit du tout. On aurait cru qu'elle avait avalé une arête de travers tellement elle était pâle.

– Ça ne fait rien, a dit mon père. On ne va pas si souvent au restaurant.

– Ils sont arrivés après nous, a dit ma sœur en montrant la table voisine, et ils en sont déjà au dessert.

– C'est de ta faute, a dit mon père. On n'a pas idée de commander des frites dans un restaurant de fruits de mer. Et puis, arrête de manger du pain, tu n'auras plus faim pour le reste.

Quand on a été servis, il était déjà dix heures, plus personne n'avait vraiment faim. Le grand air m'avait tué, je m'endormais à table. Heureusement, mon père racontait des histoires drôles, la nourriture était délicieuse et on s'amusait bien.

C'est à ce moment-là que ma mère a perdu ses lentilles de contact dans les moules marinière.

On est partis très vite, sans prendre de dessert.

– J'étais sûre que c'était une mauvaise idée, répétait ma mère. On ne veut jamais m'écouter quand je dis quelque chose. Des lentilles toutes neuves ! J'étais sûre que c'était une mauvaise idée…

Mon père, lui, ne disait rien. Il n'a même pas desserré les dents quand on est tombés dans un embouteillage.

Moi, je regardais les feux des voitures, j'imaginais que nous filions sur la route en silence pour un long voyage. J'adore rouler la nuit. J'aurais voulu qu'on n'arrive jamais.

Cours Vite

Cet après-midi-là, on faisait du skate comme des fous quand William a lancé :

– Et si on allait acheter des vidéos chez Cours Vite ?

– J'ai pas de sous, j'ai répondu.

– Pas grave, il a dit, et il s'est mis à ricaner comme si j'avais sorti une ânerie.

J'aurais préféré continuer à faire du skate, mais c'était celui de William, une planche pourrie couverte d'autocollants et de tags, avec « surfer » écrit en gros dessus. Déjà, il avait enlevé ses genouillères et me regardait, rigolard, le skate sous le bras.

– Alors, il a dit, tu viens ou tu te dégonfles ?

– Qu'est-ce que tu crois ! j'ai fait en haussant les épaules, et on est partis tous les deux vers le centre-ville.

Mes parents ne veulent pas que je fréquente William. « Fréquentations » est un mot à eux pour parler des copains. Il y a les bonnes et les mauvaises, et William, pour eux, appartient plutôt aux mauvaises, parce que son père est un ancien champion de gymnastique et que William a redoublé trois fois. Moi, j'aurais aimé avoir un père champion : le seul concours qu'ait jamais gagné le mien, c'est celui de belote, en vacances, à Saint-Jean-de-Monts. William, lui, va un week-end sur deux chez son père, il a une Mobylette, un peu de moustache déjà. Au collège, c'est le meilleur au bras de fer, il met des bracelets de force et sait faire le poirier. Mes parents se sont toujours méfiés des copains qui savent faire le poirier.

– C'est où Cours Vite ? j'ai demandé.

On était près des Galeries et il s'est tapé sur les cuisses en levant les yeux au ciel.

– Arrête, il a dit, tu m'achèves ! Ne me dis pas que t'as jamais rien acheté chez Cours Vite !

– J'ai pas beaucoup d'argent de poche, j'ai expliqué un peu vexé.

Il s'est rattrapé au mur pour ne pas tomber tellement il rigolait.

– Le Rat, il m'a dit en s'essuyant les yeux, y en a pas deux comme toi... Acheter un truc chez Cours Vite, ça veut dire le faucher ! Le piquer ! Le taxer ! Un coup d'œil à droite, un coup d'œil à gauche, et hop ! tu cours vite, le plus vite que tu peux.

– Mais c'est du vol ! j'ai dit.

– Appelle ça comme tu veux, il a ricané. Je suis nul en vocabulaire.

Déjà, il avait poussé la porte à tambour des Galeries, le skate à la main. Comme je restais derrière, il est ressorti, l'air furieux :

– Alors, tu viens ou quoi ? Tu vas finir par nous faire repérer.

Les Galeries étaient presque désertes. Les vendeuses complétaient les rayonnages, des haut-parleurs diffusaient une musique tahitienne, les escaliers roulants ronflaient doucement : tout était calme, dangereusement calme, comme si on avait été les derniers clients attardés après la fermeture. William, lui, circulait avec aisance, une grosse bulle de chewing-gum aux lèvres et se trémoussant au rythme miaulant de la musique.

– C'est l'heure de la pause, il a murmuré. Ils prennent tous leur café. On peut y aller tranquille.

– Comment tu sais qu'ils prennent leur café ? j'ai protesté.

– Ma mère est caissière aux Galeries, il a dit en m'adressant un clin d'œil.

Je suis resté soufflé. Sa mère travaillait là et il s'apprêtait, avec le plus grand naturel, à voler dans les rayons, presque sous son nez ?

– Rassure-toi, il a dit, elle ne commence que plus tard.

Parvenu à l'escalier roulant, il a sauté sur la rampe et s'est laissé porter jusqu'en haut avec la même facilité que s'il avait été sur un télésiège.

– Tu vois le type, là-bas, avec sa cravate jaune et son parapluie pliant ? Gaffe, c'est un gars de la sécurité. Il se fait passer pour un client et te coince la main dans le sac. Attends, on va rigoler…

On passait près du rayon des sous-vêtements féminins. Le type nous suivait à distance, feignant de s'intéresser aux articles. William a fait demi-tour et foncé vers lui.

– Pardon, monsieur, il a dit avec un aplomb sidérant. La vidéo, s'il vous plaît ?

– Heu ! Rez-de-chaussée, a bredouillé le vigile, gêné d'être surpris à tripoter des soutiens-gorge.

– Merci, a dit William.

On est redescendus par l'escalier roulant, William anéanti de rire, et moi blanc comme un linge.

– Allez, relax ! On se marre bien, non ?

En fait, j'étais mort de trouille. Il me semblait que ma mère allait surgir à chaque instant et, comprenant tout en un éclair, comme si j'avais eu le mot « voleur » qui clignotait au milieu du front à la manière d'un néon géant, me gifler à toute volée au beau milieu du magasin.

– Ces machins, là-bas, a poursuivi William, ce sont des caméras de télésurveillance. Dès qu'ils aperçoivent quelqu'un de suspect, en régie, ils lâchent les chiens.

À la manière dont ses épaules tressautaient, j'ai compris qu'il se moquait de moi. Il jouait à me faire peur.

– Bah ! j'ai dit en prenant un air dégagé. Les chiens, ça me connaît. Je les gratterai sous le menton pendant que tu opéreras.

– Bravo, le Rat ! il a fait. En progrès, mon vieux ! On fera de toi un rat de grands magasins première catégorie !

J'ai ravalé ma salive.

– Est-ce que c'est pas un peu risqué tout de même ? j'ai articulé.

– T'inquiète, tout est sous contrôle. Fais exactement comme moi.

Le rayon vidéo des Galeries, c'est la caverne d'Ali Baba : des centaines de cassettes de dessins animés, westerns, films de guerre ou d'horreur dont les jaquettes seules vous donnent la chair de poule, alignées côte à côte comme de gigantesques timbres de collection.

Il n'y avait qu'à allonger le bras, faire comme William… Chacune d'elles représentait plusieurs semaines d'argent de poche, plus que je n'aurais pu économiser en deux mois, à condition de me priver de tout. En prendre une, deux, les glisser sous le blouson ? La tranquillité de William me rassurait. Comme tout semblait simple avec lui : il suffisait d'une seconde, d'un geste rapide… Curieusement, je n'avais plus peur. Et puis, qu'y a-t-il de mal à voler si on n'est pas pris ?

Je n'ai pas eu le temps de tergiverser plus longtemps. Avec la rapidité d'un prestidigitateur, William avait enfourné trois cassettes dans son sac.

– J'en ai une pour toi, il m'a soufflé. Viens, on se tire.

Restait à franchir le portillon électronique à la sortie du rayon. Je suis passé le premier et William a lancé le sac par-dessus comme si on jouait au rugby.

– À toi la passe ! il a fait.

Le tour était joué.

– Essai transformé ! il a crié en levant les bras au ciel.

On a pris tranquillement le chemin de la sortie. Je devais avoir les joues écarlates. William traînait exprès, faisait des détours, la meilleure manière selon lui de n'être pas suspecté. Il a même eu le culot de s'arrêter au rayon sport pour essayer des chaussures à crampons, interrogeant longuement le vendeur sur les différents modèles et faisant mine de compter son argent.

Quand on s'est enfin retrouvés dehors, je ne respirais plus.

– Pas drôle, a dit William en faisant la moue. Trop facile aujourd'hui.

Je n'avais qu'une envie : filer chez moi et m'enterrer sous ma couette, volets et porte fermés.

– Tiens, il a dit en partageant notre butin. Voilà la tienne. On va boire quelque chose pour fêter ça ?

– Non, j'ai murmuré. Je crois que je préfère rentrer.

Il a haussé les épaules.

– Comme tu voudras. Allez, salut le Rat !

Il m'a filé une grande claque dans le dos et s'est éloigné en sifflotant, le sac en bandoulière, son vieux skate pourri sous le bras.

Je suis rentré à pas lents, comme lessivé. La cassette déformait mon blouson, il me semblait que quelque chose de grave m'était arrivé, sans que je puisse dire quoi précisément, mais qui me rendait odieux mon reflet dans les vitrines de la rue.

J'ai attendu d'être loin des Galeries pour regarder mon butin.

Le film s'appelait *Le Voleur*. « À dix ans, disait le résumé au dos de la jaquette, il vole sa première voiture. Condamné pour vol à main armée, il s'évade en emportant les clefs de la prison. Pour la police, désormais, c'est *l'ennemi public numéro un…* »

D'habitude, j'adore ce genre de films. Mais là, c'était différent : je venais de voler un film policier. Moi aussi, j'étais devenu un voleur ! L'ennemi public numéro un ! Pire que cela : un complice minable, incapable de voler lui-même.

Le plus absurde, c'est que c'était un vol pour rien : on n'a pas de magnétoscope à la maison.

Je me détestais vraiment en cet instant. Une seconde, j'ai pensé me débarrasser de la cassette en la glissant dans une poubelle. Mais qu'est-ce que ça aurait changé ? Un voleur sans butin reste encore un voleur…

Il ne restait qu'une solution. Une solution complètement folle mais qui, à la minute où elle m'est apparue, m'a soulagé d'un poids énorme.

J'allais faire cette chose absurde qu'aucun voleur certainement n'avait faite avant moi : restituer en cachette l'objet de mon larcin.

Plus facile à dire qu'à faire. À l'idée de retourner aux Galeries, de refaire à l'envers les gestes de l'après-midi, j'avais les paumes moites et les jambes en coton.

J'ai fait trois fois le tour du magasin avant de m'y risquer, à peu près aussi à l'aise que si j'avais dû traverser la cour de récréation tout nu.

Là-haut, sous les plafonds, les caméras de surveillance braquaient sur moi leur gros œil bleu. Heureusement, c'était l'heure de pointe. Le magasin s'était rempli d'un coup, les vendeuses étaient débordées, on faisait même la queue au pied des escalators. Mais je tremblais tellement que je ne devais pas passer inaperçu.

Dans ma tête, je répétais les gestes de la délivrance : m'approcher négligemment du présentoir, consulter quelques cassettes de la main droite et, de la gauche, me débarrasser ni vu ni connu de ce paquet trop encombrant.

C'est la que la catastrophe s'est produite. Tout à la préparation de mon coup, j'ai oublié que le portillon de sécurité marche dans les deux sens : pour sortir *et* pour entrer !

Une sonnerie surpuissante s'est déclenchée. Au même instant, une main s'est abattue sur mon épaule.

Je me suis retourné : c'était l'homme à la cravate jaune, le vigile du rayon soutiens-gorge, avec son parapluie et sa petite moustache d'espion déguisé en client.

– Une minute, jeune homme. Que cachez-vous sous ce blouson ?

J'ai eu l'impression que mon sang se vidait d'un seul coup, comme une bouteille qu'on retourne.

Impossible de fuir, sa poigne était trop solide. Que faire ? Résister ? Mentir ? C'était absurde. Personne ne me croirait si je disais que je les apparences étaient contre moi, que je n'étais *pas* en train de voler et que, de toute façon, on n'a *pas* de magnétoscope.

Les clients s'attroupaient déjà autour de nous.

– Attendez, j'ai bredouillé. Je peux tout expliquer…

– Je n'en doute pas, a dit le vigile. Suivez-moi, s'il vous plaît.

Sans lâcher mon blouson, il m'a entraîné à travers la foule. Jamais je n'avais eu aussi honte de ma vie. À la place des oreilles, j'avais l'impression d'avoir deux énormes gaufres brûlantes, comme si tout mon sang s'était concentré là.

Arrivé à une porte marquée « interdit au public », il m'a poussé à l'intérieur. Il y avait des casiers pour les vêtements du personnel, des machines qui ronflaient et crachaient des colonnes de chiffres sur du papier à rayures.

– Vous n'avez pas vu le directeur ? a demandé le vigile à une grosse dame qui s'apprêtait à prendre son service. J'ai pincé l'un de ces petits chapardeurs et…

La grosse dame m'a fixé avec attention.

– Attendez, elle a dit. Il me semble que je connais ce garçon.

Puis s'adressant à moi :

– Dis donc, mon petit, est-ce que tu ne serais pas Félicien Berger, par hasard ?

J'ai fait oui piteusement de la tête.

– Félicien Berger, de la sixième 2 ?

J'ai courbé le dos, accablé. Demain, tout le collège serait au courant : les profs, mes copains, le principal...

– Vous dites qu'il a été pris à chaparder ? s'est étonnée la grosse dame. Impossible : ce petit est dans la classe de mon fils. William me dit toujours : « Félicien, c'est un gars bien, incapable de faire du mal à une mouche. »

Moi, un gars bien, alors qu'il m'appelle toujours le Rat ?

– Sérieux ou pas, a dit le surveillant, il avait cette cassette sous son blouson.

– Je suis sûr qu'il va tout nous expliquer, a dit la mère de William. Pas vrai, mon petit ?

Je suis resté muet. Expliquer quoi ? Que j'avais volé des cassettes avec son fils ? Que c'est en tâchant de réparer notre bêtise commune que je m'étais fait piquer ?

– Vous l'avez traumatisé, cet enfant, avec vos manières brutales ! elle a dit. Un garçon si gentil, qui aide le mien à faire ses devoirs de mathématiques...

En fait, William me pique les miens pour les recopier tranquillement. Mais ça n'était pas le moment de la ramener.

– Montre-moi cette cassette, mon petit.

Je la lui ai tendue, la tête basse.

– Qu'est-ce qui vous prouve qu'elle vient d'ici ? a interrogé la mère de William après l'avoir examinée.

– L'étiquette, naturellement, a dit le vigile.

– Quelle étiquette ? a dit la mère de William.

Il n'y en avait pas sur la cassette. William, miracle, avait eu le temps de l'enlever avant de me la passer !

– Ça alors, a marmonné le vigile, perplexe. Le portillon a pourtant sonné !

– Vous le savez aussi bien que moi : il suffit d'un trousseau de clefs, du moindre objet métallique pour qu'il se déclenche.

– Elle vient d'où, alors, cette cassette ? a insisté le vigile en me la brandissant sous le nez.

– Je sais pas, j'ai bredouillé. On me l'a donnée…

– Donnée ? Qui ça ?

Cette fois la mère de William s'est fâchée :

– Allez-vous donc cesser de torturer ce garçon ? Puisqu'il vous dit que c'est un cadeau ! Laissez-le donc partir. Je m'en porte garante, là.

Elle s'est tournée vers moi, ignorant les protestations du vigile.

– Allez, mon petit, rentre chez toi. Je dirai à William que je t'ai vu : il sera content.

J'ai murmuré un merci inaudible et j'ai filé sans demander mon reste.

Jamais encore je n'avais été aussi heureux de retrouver la rue. J'ai pensé à William, à sa mère, si gentille avec moi. Comment la remercier ? Elle m'avait tiré d'un sacré mauvais pas.

Je n'étais plus très loin de la maison que je m'en suis aperçu. Dans ma précipitation, j'avais oublié la cassette dans le bureau du vigile. Mais d'une certaine façon, c'était bien cela que je voulais, non ? la rendre aux Galeries.

J'ai sprinté, le cœur léger, jusqu'à la maison. Jamais je n'avais couru aussi vite. Mais pas dans le sens où l'entendait William, bien sûr…

Le grand départ

L'été, pour les vacances, on va chez ma grand-mère à la campagne.

Le jour du départ, mon père nous réveille à quatre heures. Il est de mauvaise humeur parce qu'il n'a pas assez dormi et, toutes les cinq minutes, il regarde sa montre avec désolation. Avec mon père, on est toujours en retard sur l'horaire. C'est le premier jour de vacances, on pourrait partir tranquillement, mais non : il bouscule tout le monde, on n'a même pas le temps de finir son bol de céréales ni de faire ses lacets sans qu'il râle en disant qu'on met tout le monde en retard.

Ma mère n'est pas du matin, comme elle dit. Elle rôde dans la maison avec les cheveux en l'air, sa brosse à dents à la main et se cognant aux portes. Heureusement, elle a préparé les bagages la veille, mais il y a toujours quelque chose à ajouter, il faut tout rouvrir, mon père dit qu'on le fait exprès et descend tout à la voiture en poussant des jurons.

Comme ma sœur bloque la salle de bains pendant des heures, personne n'est prêt, la tension monte, mon père dit qu'il va la sortir par la peau des fesses si ça continue.

En attendant, il court dans toute la maison pour trouver son rasoir, ma mère dit qu'elle l'a glissé dans la valise, il faut qu'il redescende le chercher dans la voiture. Les bagages sont sanglés sur la galerie, il faut tout redéfaire.

Enfin, tout le monde est prêt. Il fait encore nuit, la résidence est silencieuse, les voisins dorment toujours, on dirait qu'on part pour une expédition dangereuse. Les rues sont désertes, c'est un peu sinistre avec les réverbères allumés et les poubelles qui débordent sur les trottoirs.

On est à peine partis de la ville que mon père demande :

– Est-ce que tu as vérifié si on a bien fermé le gaz ?

Ma mère ne se rappelle plus, il faut faire demi-tour, mon père râle parce que sa moyenne est fichue. Il grimpe quatre à quatre à l'appartement et remonte dans la voiture sans un mot : naturellement, le gaz était fermé, ma mère triomphe et mon père dit que c'est assez compliqué comme ça, de partir en vacances, pas la peine que tout le monde s'ingénie à lui mettre des bâtons dans les roues.

Moi, j'aime bien partir en vacances. Quand on était petits, ma sœur et moi, on ne supportait pas les voyages en voiture. À peine assis à l'arrière, j'avais les oreilles qui bourdonnaient, le cœur au bord des lèvres. On vomissait tous les vingt kilomètres, chacun à notre tour, il fallait s'arrêter en catastrophe sur le bas-côté, c'était horrible. Avant le départ, ma mère nous donnait un Dramamine, un sac en plastique et des bonbons à la menthe. Rien n'y faisait. Abrutis par les cachets, on vomissait de plus belle, chacun entraînant l'autre.

Mon père a essayé aussi la chaîne qu'on laisse traîner sur la route, accrochée à l'arrière de la carrosserie : il paraît que ça élimine l'électricité statique, mais pas le mal au coeur. Ma mère désodorisait la voiture avec son vaporisateur à parfum, on avait l'impression de voyager dans un flacon d'eau de Cologne tellement ça montait à la tête.

Le problème, avec les voyages en voiture, c'est que c'est long. Ma grand-mère habite près de Bordeaux, ça fait presque six cents kilomètres pour aller la voir. Quand on était petits, on organisait des jeux, on chantait, on criait : « Vas-y, papa ! Vas-y, papa ! » chaque fois qu'il doublait, on faisait des paris sur la marque de la prochaine station d'essence, c'était bien.

Maintenant, ma sœur se plonge dans ses livres à l'eau de rose, impossible de lui en faire lever le nez et quand elle arrive, elle est tellement abrutie par la lecture qu'elle n'est pas à prendre avec des pincettes.

Moi, je ne peux pas lire en voiture. Je regarde le paysage, je compte les bornes, je m'ennuie. Je rêve que c'est moi qui conduis, que je pilote une voiture de course et qu'on va à trois cents à l'heure. Je me fais un volant avec le casque de mon Walkman, je me penche dans les virages en faisant *vroum* avec la bouche, ma sœur dit que j'ai l'air d'un débile mais je m'en fiche.

À d'autres moments, je joue à ne penser à rien. Ça n'a l'air de rien, mais c'est très difficile. On pense toujours à quelque chose, en fait. D'autres fois, je joue à remonter mes pensées. Par exemple : pourquoi est-ce que je pense en ce moment à la ville de Bruxelles où je ne suis jamais allé ? 1 – Tout à l'heure, ma mère a dit qu'il faudrait penser à s'arrêter pour manger. 2 – J'ai imaginé alors un énorme steak avec des frites. 3 – Ça m'a rappelé la fois où, à la cantine, ils avaient remplacé les frites par des salsifis. 4 – J'ai pensé finalement que je préférais quand même les salsifis aux choux de Bruxelles, que je déteste. 5 – Voilà comme j'en suis arrivé à la capitale de la Belgique.

Quelquefois, je peux remonter très très loin dans mes pensées. Mais le plus souvent, elles font des nœuds, des courts-circuits, et je me mets à rêvasser à tout autre chose.

Le moment critique du voyage, c'est quand arrive l'heure du déjeuner. Tout le monde a faim, on se met à chercher un restaurant mais chaque fois qu'on en voit un, mon père s'arrête pour étudier la carte et remonte en voiture :

– Trop cher, il dit. Allons voir plus loin.

On repart, l'heure tourne, bientôt ils ne serviront plus. La mauvaise humeur gagne, mon père quitte la nationale pour s'enfoncer sur de petites routes de campagne de plus en plus perdues. Il rêve d'une halte au frais, près d'une rivière, avec de jolies nappes à carreaux rouges et blancs, où on mangerait des truites en papillote et des cerises du jardin. À chaque nouvel arrêt, sa figure s'allonge un peu plus : des restaurants comme ça, ça n'existe que dans les films. On finit dans un routier plein de camionneurs, on mange sur de la toile cirée près de la fenêtre pour surveiller la voiture sur le parking. Au menu, il y a des sardines à l'huile, une côte de porc purée. Ma sœur renvoie son verre parce qu'il y a des traces de doigts dessus, mon père ne desserre pas les dents.

– Si vous m'aviez écoutée, dit ma mère, j'aurais fait des sandwichs.

– En plus, râle mon père, il est déjà trois heures de l'après-midi, ma moyenne est fichue.

Comme il quitte le parking en trombe, pour rattraper le retard :

– C'est drôle, dit ma sœur, il y a une valise ouverte sur la route…

Mon père donne un grand coup de frein et regarde dans le rétroviseur. C'est la nôtre. Il faut faire marche arrière, ramasser les slips, les brosses à dents et les chaussettes dispersés sur la chaussée.

– On n'a pas idée d'emporter tant de choses en vacances ! explose mon père pendant que les autres automobilistes nous contournent en klaxonnant. C'est décidé, l'année prochaine, j'achète une remorque.

Mon père adore prendre les petites routes pour partir en vacances. Il appelle ça « prendre le chemin des écoliers. » En fait, c'est plutôt le chemin des camions. On est sans cesse coincés derrière des remorques pleines de cochons ou de troncs d'arbres, mon père s'impatiente, klaxonne, coupe des lignes jaunes et se rabat en catastrophe. Il conduit avec la carte étalée sur le volant pour chercher des raccourcis, fait des appels de phares aux voitures d'en face, des queues de poisson aux traînards.

Ma mère, elle, a peur en voiture. Elle pousse de petits cris quand il double, se cramponne à son bras, se bouche les yeux en gémissant. Mon père, ça le rend fou, il dit qu'elle va nous faire avoir un accident, un jour, à crier comme ça. Elle dit que c'est sa faute, qu'il roule trop vite, alors il se met à vingt à l'heure exprès, tout le monde klaxonne derrière nous, nous fait des queues de poisson et des appels de phares. Mon père accélère, ma mère prend son tricot pour ne pas voir la route, mais bientôt, elle n'y tient plus, elle repousse de petits cris et tout recommence…

Quand on a changé notre voiture, au printemps, mon père a rapporté à la maison des dépliants de toutes les marques. On regardait les modèles en faisant des commentaires dégoûtés : « Pas assez grand. La couleur est nulle. Trop pépé… » Un dimanche, on est même allés au Salon de l'auto. Mon père s'asseyait au volant des voitures de démonstration, ouvrait les capots et riait très fort quand le vendeur lui annonçait

les prix. Finalement, on a acheté d'occasion la vieille Renault de M. Le Couédic, le père de Pierre-Alain. Elle a cent trente mille kilomètres, des sièges épinard et pas d'autoradio. Avant, mon père m'emmenait au collège en voiture. Maintenant, je préfère y aller à pied, des fois que Pierre-Alain me verrait descendre de leur ancienne bagnole pourrie.

– De toute façon, dit toujours mon père, moi, je ne demande qu'une chose à une voiture : qu'elle roule.

La nouvelle voiture des Le Couédic, non seulement elle roule, mais en plus on dirait un vaisseau intergalactique. Elle est gris métallisé, avec une minuscule antenne sur le toit et des enjoliveurs à rayons. Quand Pierre-Alain est assis à l'arrière, sa tête arrive à peine à hauteur de la vitre... Il prétend qu'il y a tellement de place à l'intérieur que les passagers doivent communiquer par téléphone d'une banquette à l'autre.

Finalement, le voyage se termine. « Libourne ! » annonce mon père, tout ragaillardi. Pendant ce temps, ma mère nous fait des recommandations : dire bonjour à tout le monde, ne rien réclamer, ne pas fatiguer mes grands-parents qui commencent à être vieux. On dit « oui ! oui ! » sans écouter, elle se recoiffe dans la glace du pare-soleil et gronde gentiment mon père qui sifflote et s'amuse à faire des zigzags sur la route.

– Tiens, il dit, des motards ! Des imbéciles ont dû se faire flasher.

Sauf que c'est nous que les motards doublent et font se ranger sur le bas-côté.

– Bonjour, messieurs, dit mon père en descendant sa vitre. Que puis-je pour votre service ?

– On nous a signalé votre véhicule qui zigzaguait dangereusement. Contrôle d'alcoolémie. Veuillez présenter les papiers du véhicule.

– Écoutez, dit mon père, soudain tout pâle, je vais vous expliquer.

– Vos papiers, s'il vous plaît, répète le motard.

– C'était pour rire, balbutie mon père. Pour faire peur à ma femme.

– Le brigadier-chef a eu peur, lui aussi, dit le motard, imperturbable. Vos papiers, s'il vous plaît.

Mon père ne rigole plus du tout. Il doit souffler dans un ballon pendant que le motard fait le tour de la voiture pour vérifier que tout est bien règlementaire. Il dresse un procès-verbal pour conduite dangereuse, le tend à mon père qui le prend sans remercier. Il va redémarrer en pestant quand le motard lui fait redescendre sa vitre :

– Dites donc, vous savez qu'il n'est pas conforme, votre véhicule ?

– Pas conforme ? dit mon père. L'ancienne Renault des Le Couédic ?

– Les phares, dit le motard en rédigeant un deuxième procès-verbal. Ce modèle est interdit en France.

On fait les derniers kilomètres dans un silence de mort. Mon père ne décolère pas, ma sœur fait la tête parce qu'elle déteste qu'on se donne en spectacle et ma mère regarde ostensiblement de l'autre côté.

Quant à moi, j'aimerais bien tenir Pierre-Alain Le Couédic cinq minutes dans un coin ! Heureusement pour lui, c'est les vacances mais il ne perd rien pour attendre. Dès le jour de la rentrée, *paf !* il prendra mon poing dans le nez. Ça lui apprendra à nous refiler sa vieille bagnole pourrie.

Mais je n'ai pas le temps de m'énerver davantage. Mon père donne un coup de frein, manque d'écraser le chien : on est enfin arrivés chez mes grands-parents.

Les grandes vacances

Le premier matin, je me réveille en sursaut. Zut ! L'école ! Le réveil n'a pas sonné. Autour de moi, tout est noir, je ne reconnais plus ma chambre. Où suis-je ? Mais aussitôt, je me rappelle : le poids de l'édredon, l'odeur sucrée des draps, le lit immense dont le sommier s'enfonce… Je suis chez ma grand-mère, pour deux longs mois !

Douillettement, je replonge sous l'édredon, laissant mon regard s'habituer à l'obscurité. Rien ne bouge dans la maison, pas un bruit.

Quand je saute enfin du lit, le parquet, sous mes pieds nus, craque comme une vitre. J'écarte les rideaux, repousse les lourds volets qui grincent, et le froid du matin bondit dans la pièce avec le jour, le chant des oiseaux et le parfum de l'herbe perlée de rosée. Je reste là un moment, frissonnant dans mon pyjama trop mince, savourant le plaisir de ce premier matin à la campagne.

Vite ! Mes bottes ! Elles m'attendent depuis l'an dernier dans le petit cagibi sous l'escalier. Ce sont de grosses bottes en caoutchouc épais et un peu granuleux. Je les enfile sans chaussettes, entrouvre sans bruit la porte donnant sur le jardin et me voilà dehors… Lentement, je longe la façade de la maison endormie. Rien n'a changé : ni l'ovale parfait de la pelouse, ni les allées de sable blond, ni le grand tilleul où pend la balançoire. Les bottes sont délicieusement lourdes à mes pieds, j'ai l'impression qu'il me faudrait une journée entière pour faire le tour de mon terrain de jeu.

La maison de mes grands-parents s'appelle une chartreuse. C'est un long bâtiment de pierre sans étage, avec une demi-douzaine de fenêtres ouvrant sur le jardin. Il y a un hangar pour le tracteur, des remises, un hucher à bois couvert de vigne vierge.

Quand j'ai bien fait le tour, je grimpe tout grelottant les trois marches qui donnent sur la cuisine. À l'intérieur, il fait bon, ça sent le poêle à bois et le lait qui chauffe.

D'habitude, je déteste le lait. Je n'en bois que chez ma grand-mère, tout mousseux, dans de grands bols de faïence aux bords tout ébréchés.

– Déjà debout, mon voyageur ? Tiens, tu vas m'aider à couper le pain.

Ma grand-mère m'embrasse, elle sent le savon, et sa robe de chambre molletonnée a gardé l'odeur des sachets de lavande dont elle parfume les armoires.

– Mets donc les chaussons de ton grand-père avant qu'on ait défait ta valise.

Ma grand-mère a toujours peur qu'on salisse quand on rentre du jardin. Il faut se déchausser à la porte, gratter ses bottes sur un racloir. Ça pourrait être énervant, mais en fait j'adore ça parce que ça n'existe qu'ici, en vacances à la campagne.

Le temps de griller quelques toasts, on entend une auto qui remonte l'allée : c'est grand-père qui rapporte des croissants chauds qu'il a achetés au village. Pendant que j'aide ma grand-mère à mettre la table du petit déjeuner, mon père entre à son tour dans la cuisine.

– Hum ! Ça sent bon par ici ! J'ai une faim de loup, dit mon père en se frottant les mains avec gourmandise.

La mauvaise humeur du voyage s'est envolée durant la nuit. Ma sœur se tartine d'énormes tranches de pain, ma mère chantonne avec grand-père une opérette de son enfance, mon père sabre ses œufs à la coque et siffle à tue-tête dans la salle de bains.

Il n'y a qu'en vacances que mon père siffle en se rasant. Ma mère, elle, pendant qu'elle défait les valises, papote avec grand-mère, se fait donner des recettes et la bombarde de questions. Est-ce que les adultes aussi redeviennent enfants quand ils retrouvent leurs parents ?

Mais je n'ai pas le temps de m'attarder. Mon grand-père m'attend. Un rapide débarbouillage à l'eau glacée et je grimpe sur le tracteur.

– Je t'ai attendu, dit mon grand-père. Il y a cette clôture à terminer dans la prairie. Impossible sans toi, il faut au moins deux hommes costauds.

Il m'installe sur ses genoux, me laisse le volant et

on s'en va, tirant dans la carriole des rouleaux de fil de fer et les piquets ficelés ensemble comme des bottes d'asperges géantes.

J'adore travailler avec mon grand-père. L'année dernière, on a repeint ensemble le banc en bois et la barrière du potager. En chemin, il me montre les choses. Il connaît le nom de tous les arbres et de toutes les plantes. Il a quitté l'école à dix ans, mais il peut encore réciter par cœur sa première poésie et la liste de tous les départements, avec leur numéro et leur préfecture.

– C'était comme ça autrefois, à la campagne. Le certificat d'études passé, il fallait travailler. Je partais à l'aube, avec mes frères, dans la voiture à cheval. On faisait les livraisons de l'épicerie. L'hiver, c'était la nuit noire, il n'y avait pas de lampadaires sur les routes comme aujourd'hui, mais on n'avait pas peur.

Je l'écoute, bouche ouverte. Moi, je vais au collège, je fais des maths modernes et je ne sais pas reconnaître un chardon d'un pissenlit. Lui sait tout faire de ses dix doigts, tailler des rosiers grimpants, construire une cabane à oiseaux, réparer la tondeuse. Dans ses poches, il a toujours un millier de choses : des bouts de ficelle de toutes les tailles, des bouchons, des morceaux de bois, des vis roulées dans un mouchoir. Je peux rester des heures à le regarder bricoler dans son atelier. Le jour passe par une petite fenêtre poussiéreuse, on voit ses outils bien rangés, la pluie de sciure dorée qui tombe de son établi.

– À chaque tâche son outil, dit toujours mon grand-père. Tu as ta règle, tes crayons, ton compas, moi mes outils de menuiserie. Le bon ouvrier se reconnaît à ses instruments.

Comme tout paraît simple, organisé, rassurant avec lui !

Bientôt, la cloche du village sonne midi. On remonte lentement vers la maison. J'ai des ampoules dans les paumes que je caresse avec fierté.

– Attends, dit mon grand-père en garant le tracteur dans l'ombre fraîche du hangar. J'ai préparé quelque chose pour toi.

Et il me tend une canne à pêche qu'il a taillée lui-même dans une tige de bambou.

– Il te fallait quelque chose de solide, il explique. Te voilà grand, maintenant, et j'ai vu des poissons gros comme le bras qui sommeillaient sous le petit pont.

Il me montre aussi une boîte à fromage percée de trous qu'il a remplie d'asticots.

– Si tu veux, nous irons demain… Connais-tu *La Carpe et le Brochet*, la fable de La Fontaine ?

Comme je fais non de la tête :

– Qu'est-ce qu'on t'apprend à l'école, alors ? il fait en m'ébouriffant les cheveux. Viens, on va se laver les mains.

Il actionne la pompe du puits et, tandis qu'une eau claire jaillit par saccades et éclabousse nos genoux, il récite la fable en faisant rouler les *r*.

Le déjeuner nous attend. La table est mise côté

prairie, sous le noyer. Ici, la maison fait une aile, avec la cuisine d'été et des massifs d'hortensias autour desquels vrombissent des guêpes. Ma mère, quand on la rejoint, prend le soleil sur une chaise longue, les yeux mi-clos. Elle a mis sa jolie robe d'été jaune paille et glissé les bretelles le long des épaules pour ne pas garder de marque blanche. Mon père, armé d'un journal, active la braise sous les grillades, le visage un peu rouge d'être trop près du feu et répète à tout bout de champ :

– La voilà, la vraie vie… Est-on bien bêtes, nous autres citadins, de courir toute la journée !

À l'apéritif, les adultes boivent du vin de noix en grignotant du saucisson. J'ai droit à une gorgée parce que c'est grand-père qui le fait, avec des produits naturels et qui viennent du jardin. Il n'y a que ma sœur qui fait la tête. Le soleil lui donne des rougeurs, alors elle s'est mis un grand chapeau sur la tête qui la fait ressembler à un parasol. Demain, c'est sûr, comme chaque année, elle aura le rhume des foins…

– C'est trop, belle-maman ! proteste mon père pour la forme, quand ma grand-mère apporte pour le dessert une énorme tarte aux quetsches. Vous voulez nous faire tous exploser !

Après le déjeuner, tout le monde va faire la sieste. Je reste seul dans la cour inondée de soleil à tracer sur le sable des couloirs pour mes billes. D'autres fois, je sors le vieux vélo de mon grand-père, son « vélo de curé », comme il dit, à cause du cadre noir et des freins à l'ancienne. Avec une pince à linge, je fixe sur la roue un rectangle de carton qui la fera vrombir comme une moto et je pars me balader sur les routes alentour.

Il faut rouler bouche fermée à cause des moucherons. Bientôt, la sueur colle la chemisette sur mon dos tant il fait chaud. Dans les champs, il y a des vaches qui me regardent, je m'arrête tous les cent mètres pour cueillir des mûres encore vertes qui laissent entre les dents de minuscules pépins…

L'année prochaine, a promis mon père, j'apporterai mon Mountain Bike. Plus besoin de pédaler en danseuse parce que la selle est trop haute. Le moteur en carton ronfle doucement, l'air sent le foin, l'anis, les blés chauffés par le soleil. À chaque montée un peu raide, j'ai l'impression que mes mollets vont éclater..

Mais je m'en fiche. J'ai l'impression de m'éloigner du collège à chaque coup de pédale. Plus de William, de Pierre-Alain Le Couédic, d'Eurydice Puchard… Finie la sixième ! L'année prochaine j'entre en cinquième, mais l'année prochaine est si loin !

Demain, j'irai à la pêche avec mon grand-père. Il démêlera patiemment ma ligne accrochée dans les roseaux. Le soir, on jouera tous à la crapette, et mon père, en riant, me laissera gagner. Je n'aurai plus d'appareil dentaire, de taches de rousseur, de copains à épater. Peut-être ira-t-on au vieux lavoir, au bout de la prairie, tirer à la carabine sur des boîtes de conserve ; peut-être même que j'entendrai la nuit, bien enfoncé sous mon édredon, le fantôme du hibou marcher dans le grenier.

Quelle heure est-il ? Quatre heures, déjà ? À la fontaine du village, j'emplis ma gourde d'eau glacée pour le retour. Je ne connais rien de meilleur que son goût de plastique, quand on l'avale au goulot sur un vélo qui file.

Là-bas, chez mes grands-parents, la sieste est finie sans doute. Je les imagine qui se lèvent un à un, ma mère, mon père, ma sœur, plissant les yeux au soleil après l'ombre des chambres. Déjà, ma grand-mère aura disposé sur la table le reste de la tarte, les gâteaux secs dans leur boîte en fer-blanc, la citronnade du goûter…

Les grandes vacances commencent à peine.

Voilà la maison, à demi cachée derrière les arbres. J'aperçois la grille, la façade jaune où repose une échelle…

Comme un fou, je remonte l'allée en faisant tinter à tue-tête le grelot de ma bicyclette.

Table

Jean-Philippe Arrou-Vignod

L'auteur

Jean-Philippe Arrou-Vignod est né à Bordeaux. Il vit successivement à Cherbourg, Toulon et Antibes, avant de se fixer en région parisienne. Après des études à l'École normale supérieure et une agrégation de lettres, il enseigne le français au collège. Passionné de lecture depuis son plus jeune âge, il s'essaie très tôt à l'écriture et publie son premier roman à l'âge de vingt-six ans. Il est depuis l'auteur de nombreux ouvrages, pour la jeunesse comme pour les adultes.

Du même auteur chez Gallimard Jeunesse

Histoires des Jean-Quelque-Chose
L'Omelette au sucre
Le Camembert volant
La Soupe de poissons rouges
Des vacances en chocolat
La Cerise sur le gâteau
Une belle brochette de bananes
Un petit pois pour six
Une famille aux petits oignons (*l'intégrale 1* et *2*)

Enquête au collège
Le professeur a disparu
Enquête au collège
P. P. Cul-Vert détective privé
Sur la piste de la salamandre
Le Mystère du Loch Ness

Le Club des Inventeurs
Sa Majesté P. P. Ier
L'Élève qui n'existait pas

Enquête au collège, l'intégrale 1 et 2

Magnus et Mimsy
Magnus Million et le dortoir des cauchemars
Mimsy Pocket et les enfants sans nom

Le Collège fantôme

Agence Pertinax, filatures en tout genre

Bon anniversaire !

L'Invité des CE2

Le Livre dont je ne suis pas le héros

Louise Titi (*album illustré par Soledad*)

Rita et Machin (*série d'albums réalisée en collaboration avec Olivier Tallec*)

Le Prince Sauvage et la renarde (*album illustré par Jean-Claude Götting*)

Comment Akouba inventa l'écriture (*album illustré par Tali Ebrard*)

Héros, 40 personnages de roman (*coécrit avec Patricia Arrou-Vignod*)

Glen Chapron

L'illustrateur

Glen Chapron est né en 1982 en Bretagne. Après avoir passé son bac à Brest, il part à Paris pour étudier la gravure à l'École Estienne, sans se douter qu'il s'écrasera le petit doigt sous une presse ! Il entre ensuite à l'École supérieure des arts décoratifs de Strasbourg, où il s'exerce à l'illustration, rencontre des gens talentueux, tombe amoureux, monte un fanzine et, bien sûr, prépare un diplôme. Il vit aujourd'hui à Nantes, où il se consacre à l'illustration d'ouvrages pour la jeunesse et à la bande dessinée.

www.glenchapron.com

Découvrez
les **Histoires des Jean-Quelque-Chose**

dans la collection

FOLIO JUNIOR

L'OMELETTE AU SUCRE

n° 1007

Connaissez-vous l'omelette au sucre ? Rien de moins compliqué à préparer. Prenez une famille de cinq garçons. Ajoutez-y un bébé à naître, une tortue, un cochon d'Inde et une poignée de souris blanches. Mélangez bien le tout, sans oublier une mère très organisée, un père champion du bricolage et quelques copains d'école à l'imagination débordante. Saupoudrez d'une pincée de malice et d'émotion, et servez aussitôt. C'est prêt… À consommer sans modération !

LE CAMEMBERT VOLANT

n° 1268

Quand on a six frères et qu'on s'appelle Jean-A., Jean-B., Jean-C., Jean-D., Jean-E. et Jean-F., impossible de s'ennuyer un seul instant.

Au menu de cet été : un déménagement, des vacances chez papy Jean, un poisson nommé Suppositoire, une ribambelle de cousins aux oreilles décollées... sans oublier bien sûr un mystérieux camembert volant et des parents pas trop coulants. Décidément, ça déménage chez les Jean !

LA SOUPE DE POISSONS ROUGES

n° 1438

Septembre 1969, Jean-A., Jean-B, Jean-C., Jean-D., Jean E., le bébé Jean-F. et leurs parents ont quitté Cherbourg. Les voilà à Toulon pour la rentrée des classes. Une nouvelle école et de nouveaux copains, des poissons rouges nommés Wellington et Zakouski, une voisine alsacienne dure d'oreille qui cuisine un peu trop, sans oublier la bande des Castors, voisins de la villa des Jean, qui entendent bien garder leur colline pour eux seuls... C'est un grand bouleversement dans la vie de Jean-B. Heureusement que son père sait tout faire de ses dix doigts et que sa mère est très organisée !

DES VACANCES EN CHOCOLAT

n° 1510

Cet été, la famille des Jean-Quelque-Chose au grand complet part à l'Hôtel des Roches Rouges. Au programme, excursions à la mer avec le canoë et les chaussures en plastique qui donnent des ampoules, visites clandestines de l'hôtel à l'heure de la sieste, représentation exceptionnelle du grand cirque Pipolo, sans oublier le passage du Tour de France... Et surtout, quelques cartes postales bien senties aux cousins Fougasse !

LA CERISE SUR LE GÂTEAU

n° 1694

Décidément, impossible d'avoir la paix quand on est six garçons qui s'appellent tous Jean-Quelque-Chose. Depuis que Jean-A. veut devenir idole des jeunes, la famille tout entière est menacée d'invasion par une espèce inconnue : les filles. Jean-B., lui, s'est promis de ne jamais tomber amoureux. Plutôt finir scout marin ! Mais peut-on échapper à l'âge bête ? Même si papa est très fort comme médecin et maman très organisée, cette année chez les Jean risque bien de faire *boum* !

UNE BELLE BROCHETTE DE BANANES

n° 1785

Papa adore nous prendre en photo avec son appareil tout neuf. Il faut dire qu'il se passe toujours quelque chose chez les Jean ! La colo de ski où cette banane de Jean-B. a franchi le mur du son, l'arrivée dans la famille du seul chien qui ressemble à Sherlock Holmes, la séance de cinéma archi-secrète avec Hélène (mais ça, ce n'est pas dans l'album photo de papa), sans parler de la balade en mer où on a attrapé le scorbut… Un vrai feu d'artifice !

UN PETIT POIS POUR SIX

n° 1846

Décidément, les six frères Jean n'en ratent pas une ! Au programme de cette année à Cherbourg : les mystérieux rendez-vous de Jean-A., le nouveau copain ceinture noire de Jean-B., et une nuit à jouer les Robinsons dans une cabane perchée. Quoi de plus fastoche pour des aventuriers qui n'ont peur de rien… ou presque ?

Le papier de cet ouvrage est composé de fibres naturelles, renouvelables, recyclables et fabriquées à partir de bois provenant de forêts gérées durablement.

Mise en pages : Maryline Gatepaille

Loi n° 49-956 du 16 juillet 1949
sur les publications destinées à la jeunesse
ISBN : 978-2-07-515137-5
Numéro d'édition : 373282
Dépôt légal : janvier 2021

Imprimé en Espagne chez Novoprint (Barcelone)